À ma petite sœur Mitsuko

© 1994, l'école des loisirs, Paris
Loi numéro 49 956 du 16 juillet 1949 sur les publications
destinées à la jeunesse : septembre 1994
Dépôt légal : septembre 1994
Imprimé en France par Aubin Imprimeur à Poitiers

HOMMAGE DE L'ÉDITEUR

KIMIKO

Doudou

l'école des loisirs
11, rue de Sèvres, Paris 6ᵉ

Pauvre Doudou, pauvre peluche, elle est perdue !
Sophie, sa maîtresse, l'a emmenée en pique-nique,
et Sophie l'a oubliée. Sophie oublie toujours tout :
son pou, son hibou, son caillou et même sa Doudou !

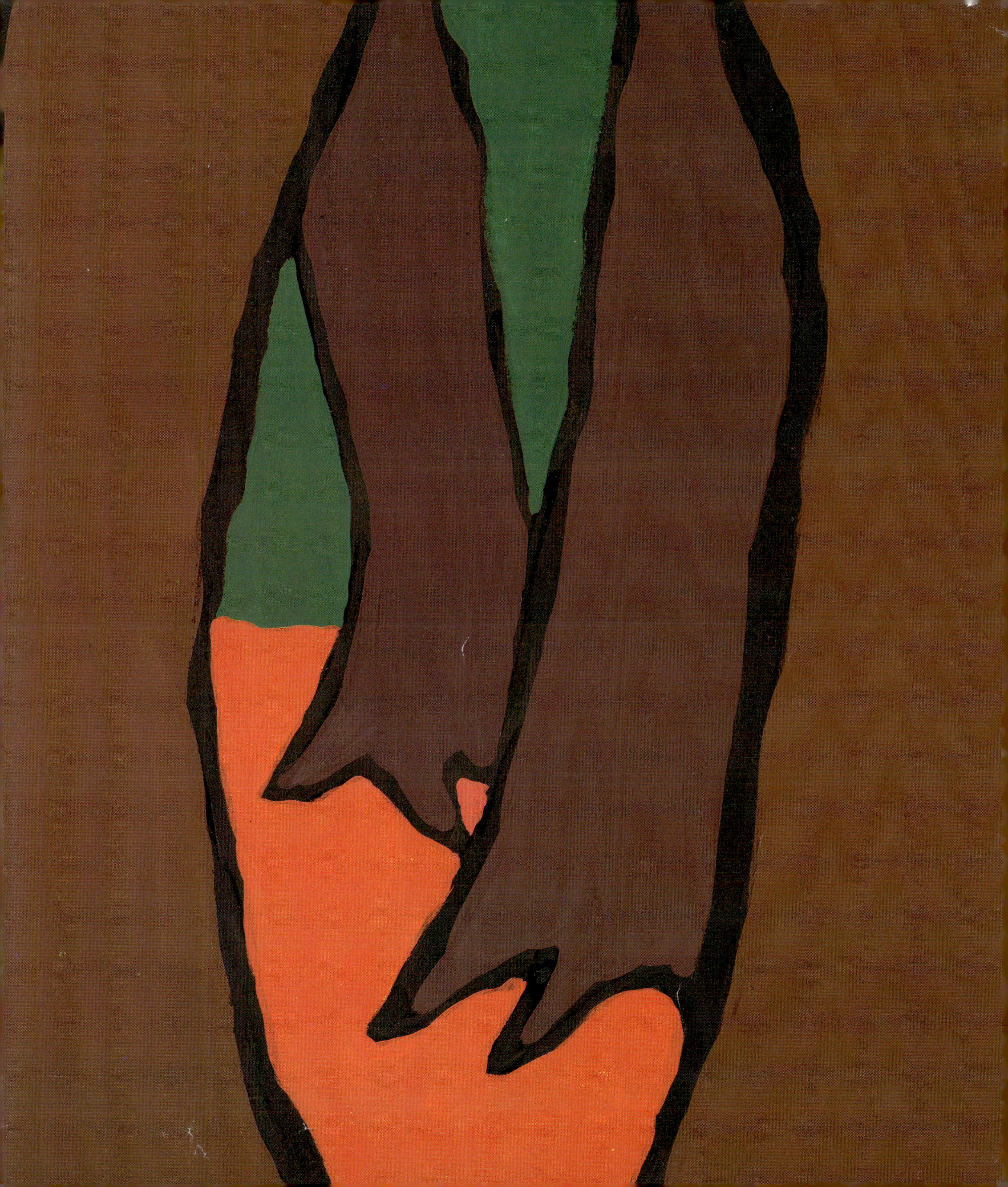

Toute seule dans la forêt, Doudou a peur.
« Sophie ! Sophie ! » crie-t-elle en pleurant.
Pauvre Doudou perdue !

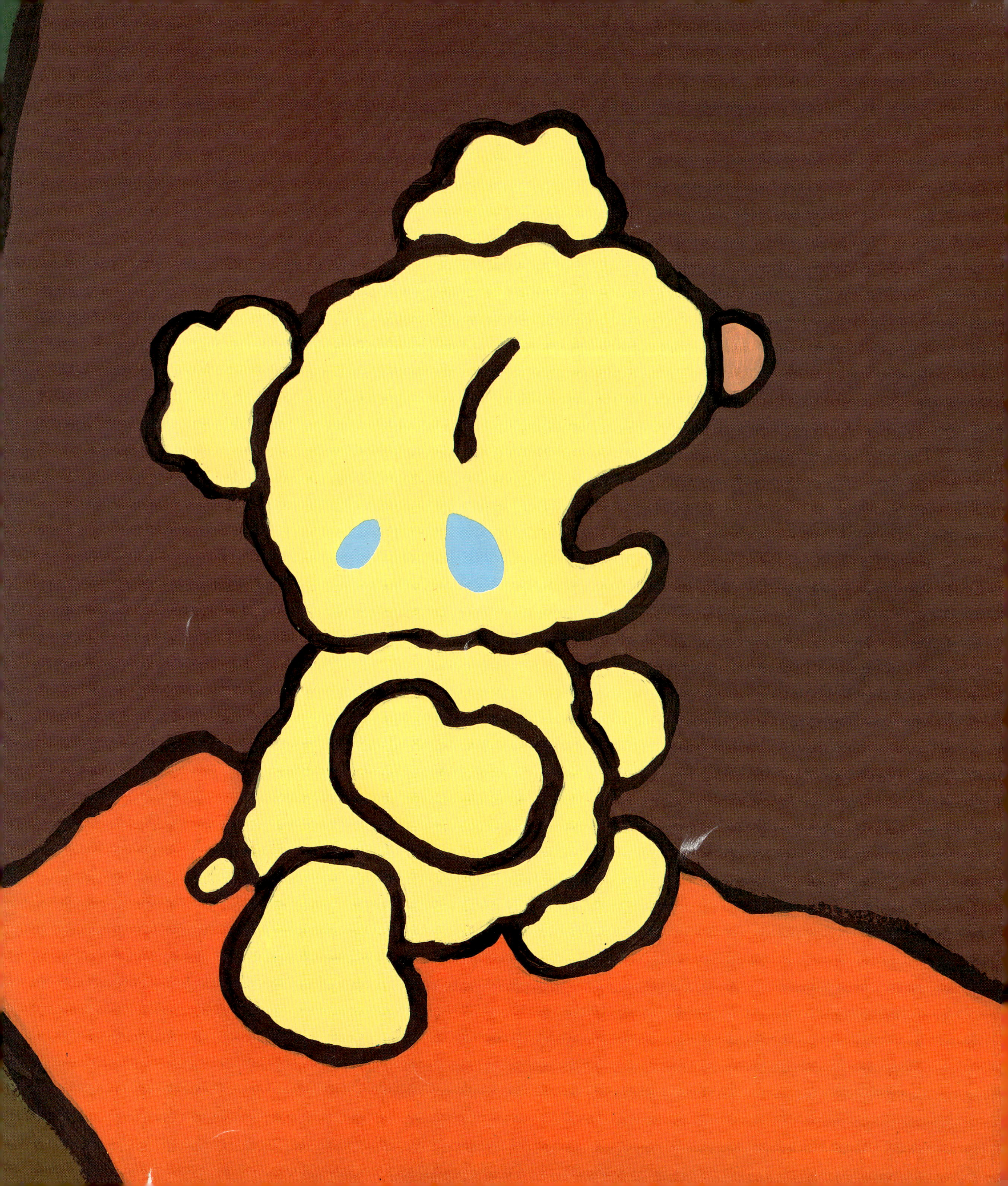

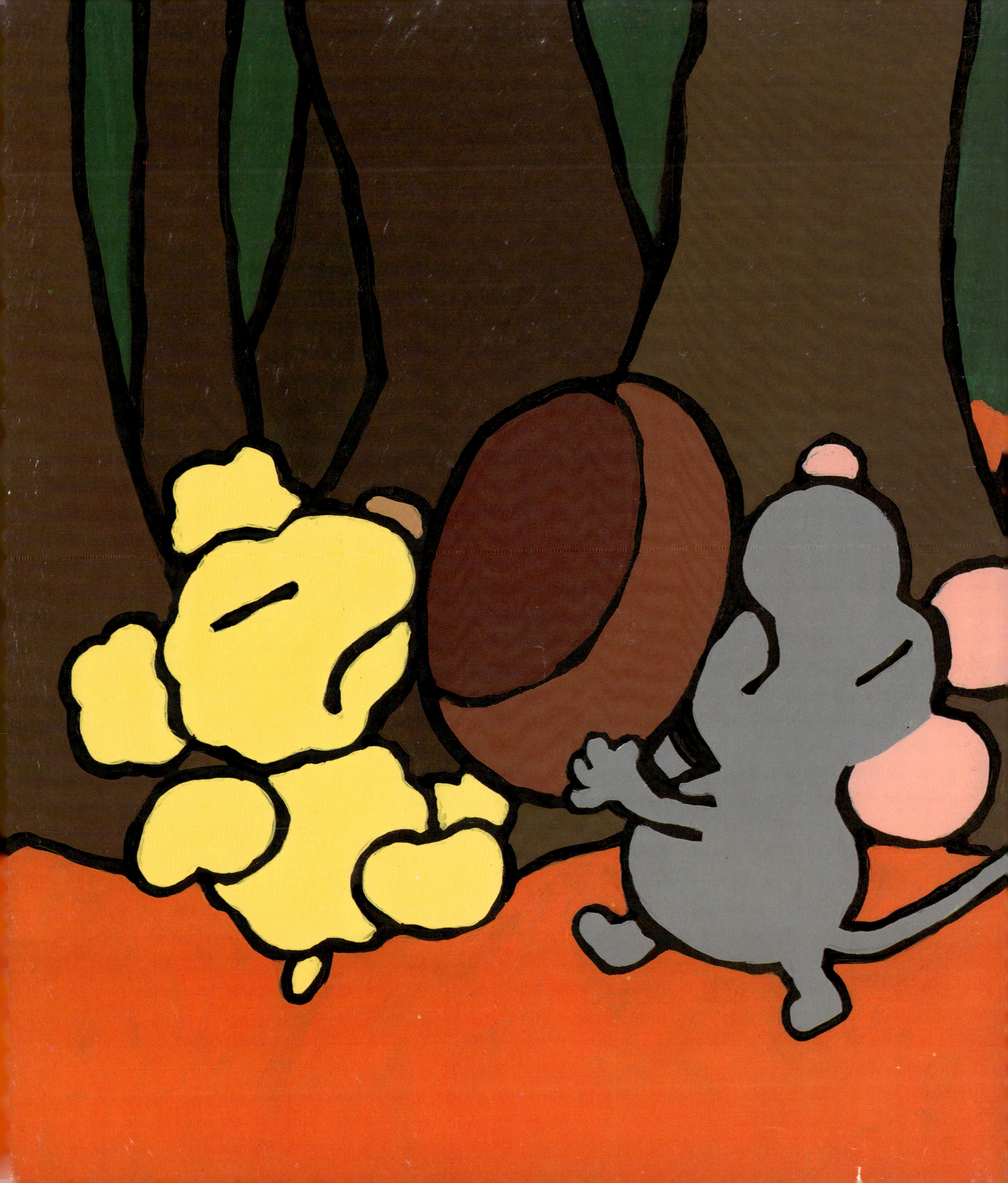

Doudou pleure tellement qu'elle ne voit pas
la petite souris qui est très occupée à porter
un gros marron. Et alors... BOUM !
« Aïe, ma tête ! » gémit Doudou.
« Qu'est-ce que c'est que c'est que c'est que ça ? »
dit la souris, qui n'a jamais vu une telle créature.

« Tu veux ma photo ? »
lance Doudou.
« Euh... non... »
répond la souricette.
« Alors pourquoi
tu me regardes comme ça ? »

« Je te trouve très bizarre, tu as une drôle de couleur... »
« Je suis une peluche », fait fièrement Doudou,
« et je suis même la peluche préférée de Sophie. »
« Eh bien, c'est la première fois
que je rencontre une poluche. »

Sur ces paroles, la souris ramasse son marron
et reprend sa route.
« Où vas-tu ? » demande Doudou.
« Je rentre chez moi. »
« Oh, ne me laisse pas toute seule ici ! »

« Alors, la peluche préférée de Sophie a peur dans la forêt ?
Allez, viens, suis-moi, c'est l'heure du goûter. »

Arrivée devant un talus, la petite souris entre dans un trou. « C'est ici ta maison ? » s'exclame Doudou en écarquillant les yeux. « Il n'y a même pas de porte. Chez Sophie, il y a une porte, et une sonnette, et il y a des rideaux aux fenêtres, et... »

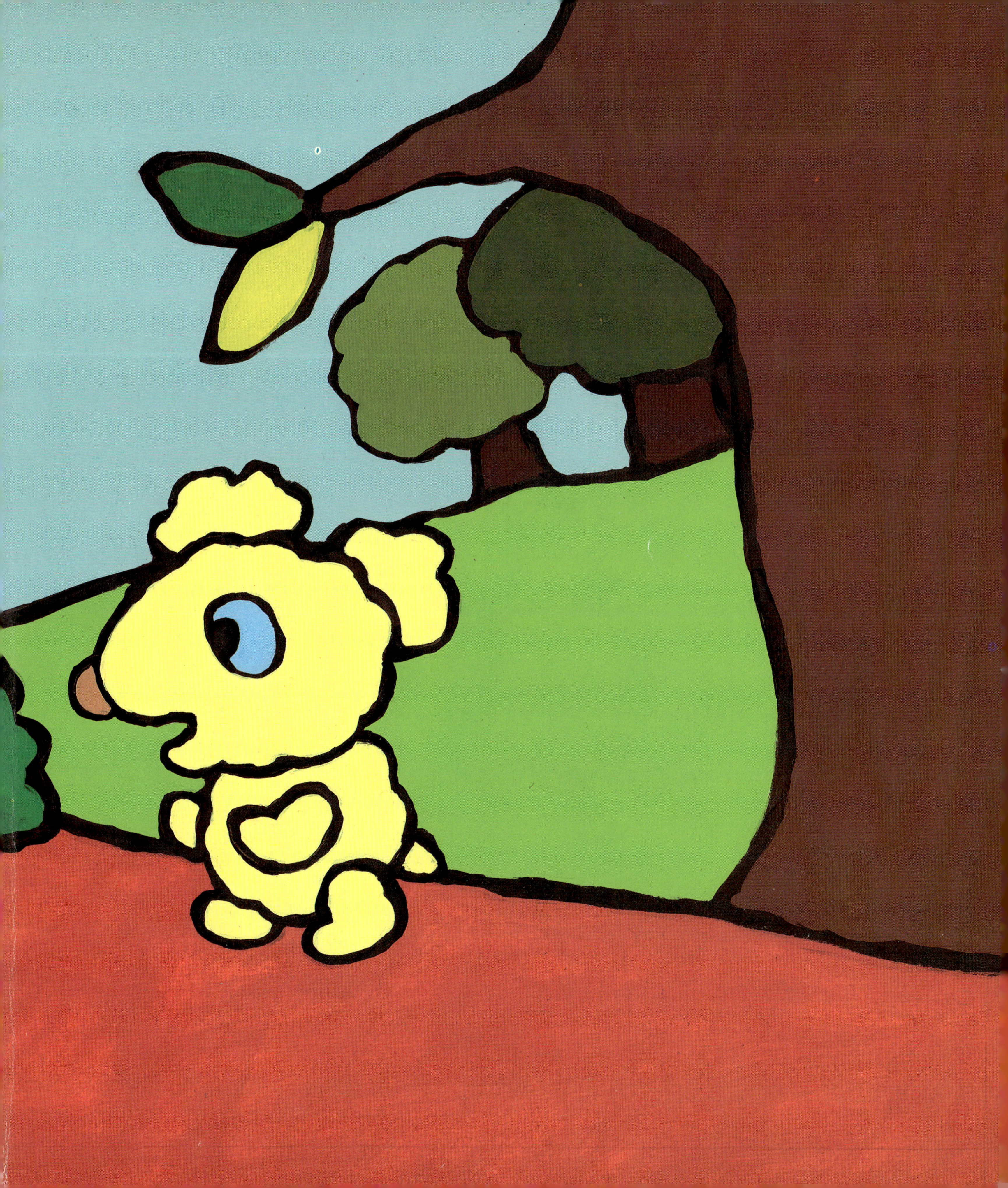

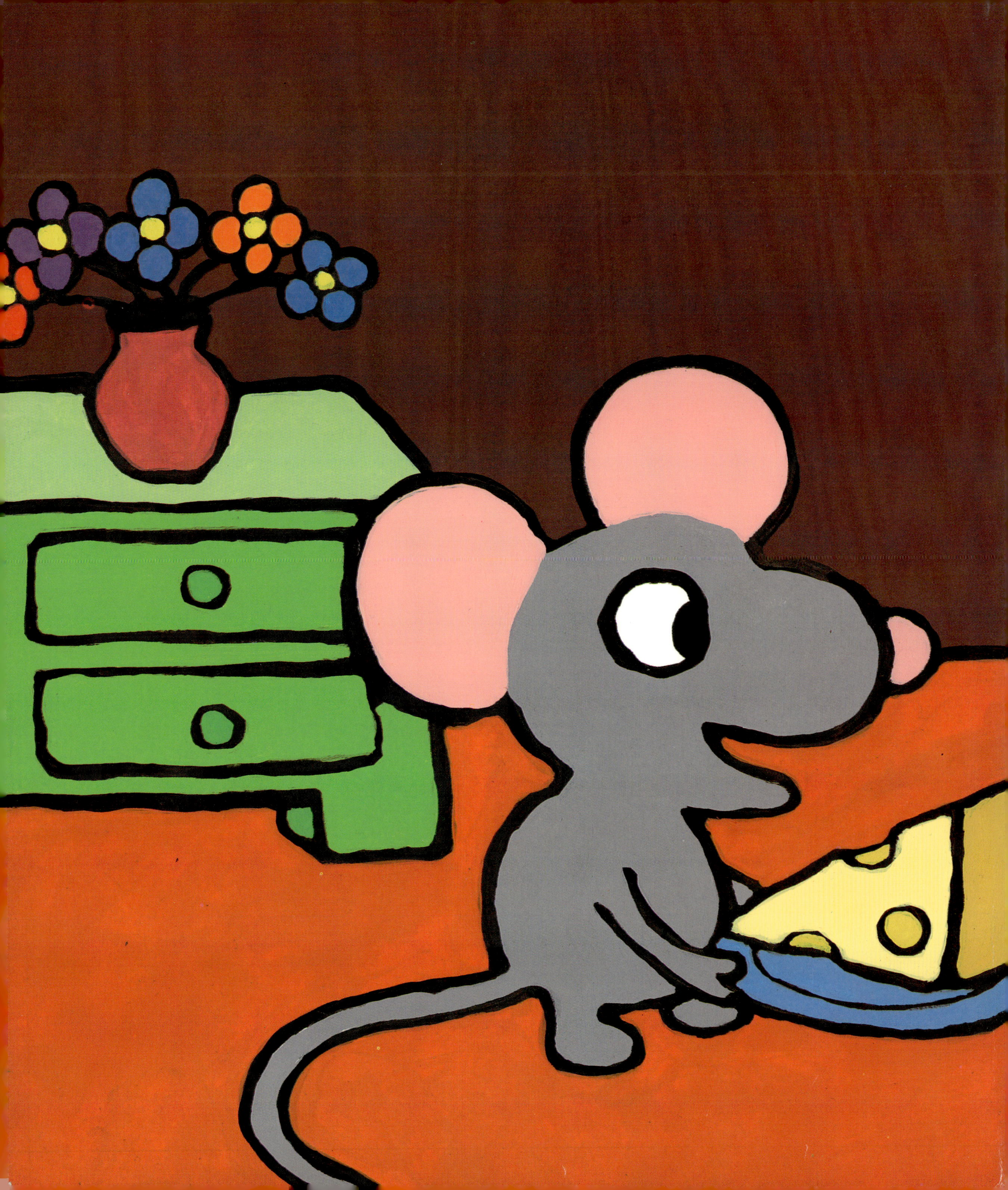

« Et chez Sophie, on jacasse tout le temps comme une pipelette ? » coupe la souris qui, sans plus l'écouter, apporte du fromage.

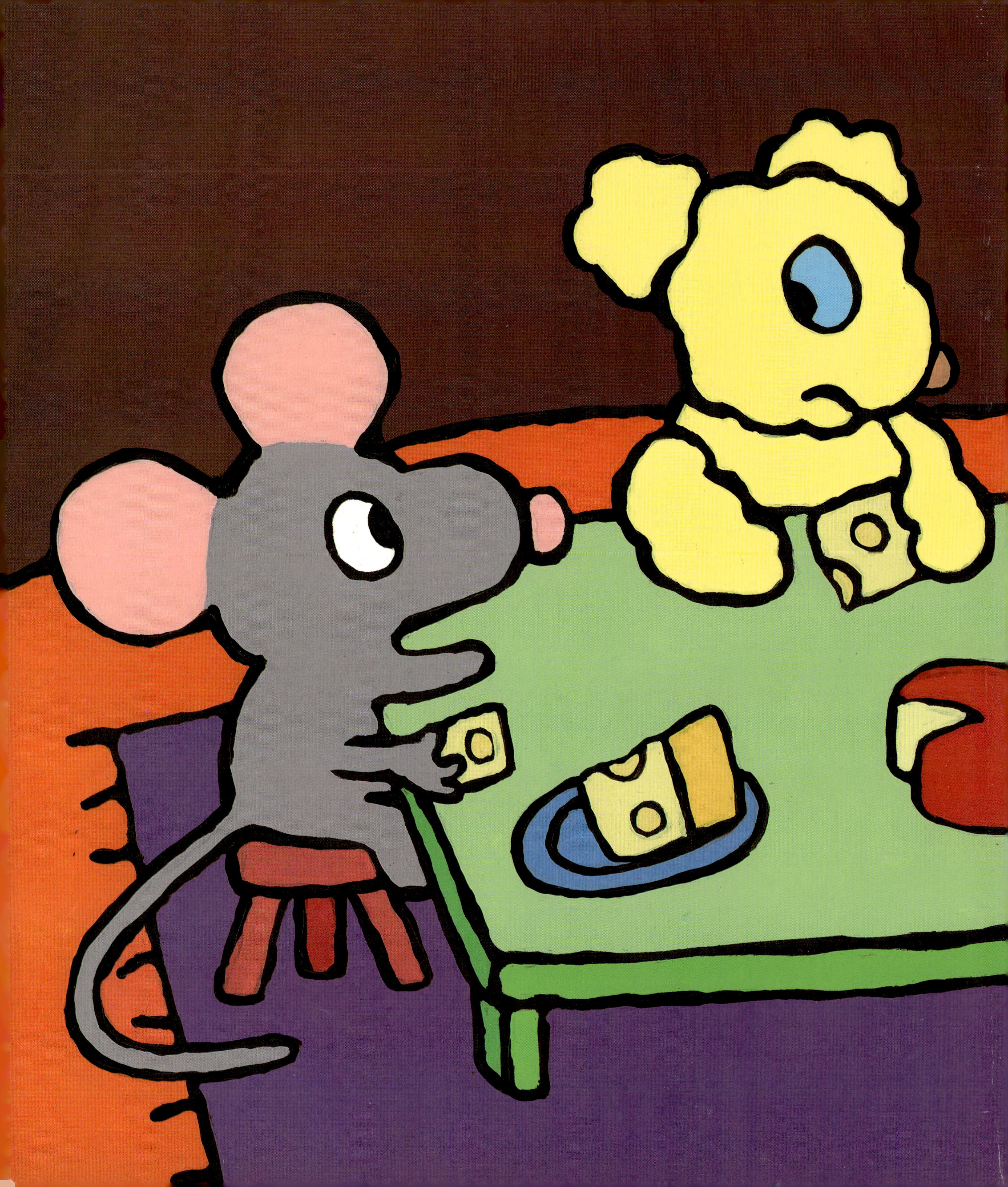

La souris commence à déguster son goûter tandis que Doudou fait semblant de grignoter un bout de fromage.
« Tu n'aimes pas ça ? » demande la souris.
« Chez Sophie il n'y a pas de fromage qui sent mauvais, et on met une belle nappe sur la table, et on a des couverts, et on fait semblant de manger, et on boit du thé au goûter, et... »

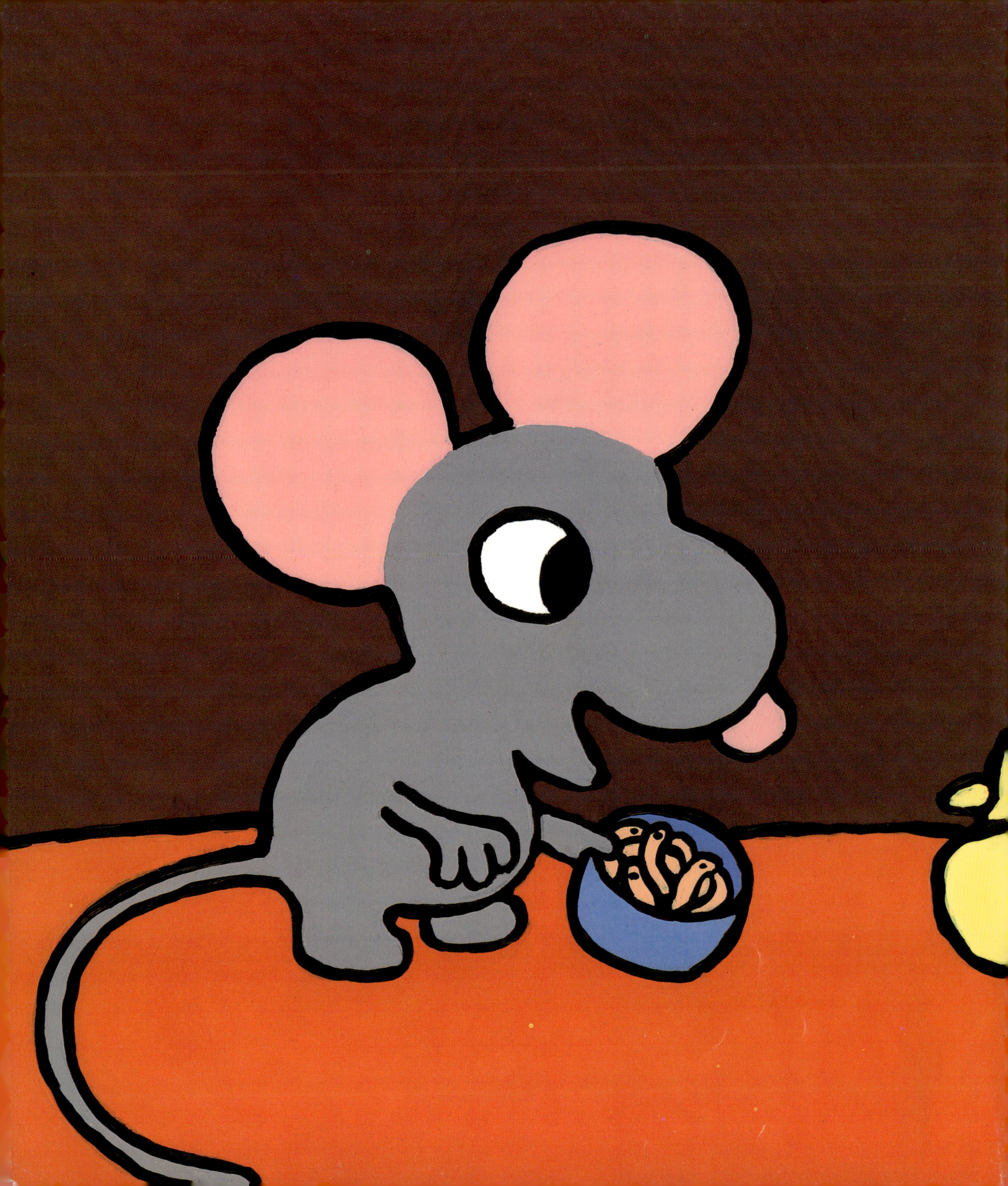

Oh là là ! La souris n'aime pas les critiques.
Elle va vers son garde-manger et revient avec une boîte
qu'elle propose à Doudou. « Et les peluches, est-ce que
ça aime les vers de terre bien gras ? »
« Mais c'est dégoûtant ! » s'écrie Doudou horrifiée.
Elle ne veut pas rester une minute de plus
et se précipite dehors.

Doudou ne sait pas que la forêt est pleine de dangers. Elle est sortie sans se méfier et aussitôt un sac s'est abattu sur sa tête. La voilà prisonnière. « Au secours ! » crie-t-elle. « Ah ! Ah ! Ah ! » rit le chat. « Je t'ai enfin attrapée. Une bonne souris pour mon dîner, c'est exactement ce que j'attendais depuis longtemps. »
« Je ne suis pas une souris ! Je ne suis pas une souris ! » hurle Doudou. Le chat fait la sourde oreille, trop content de sa chasse.

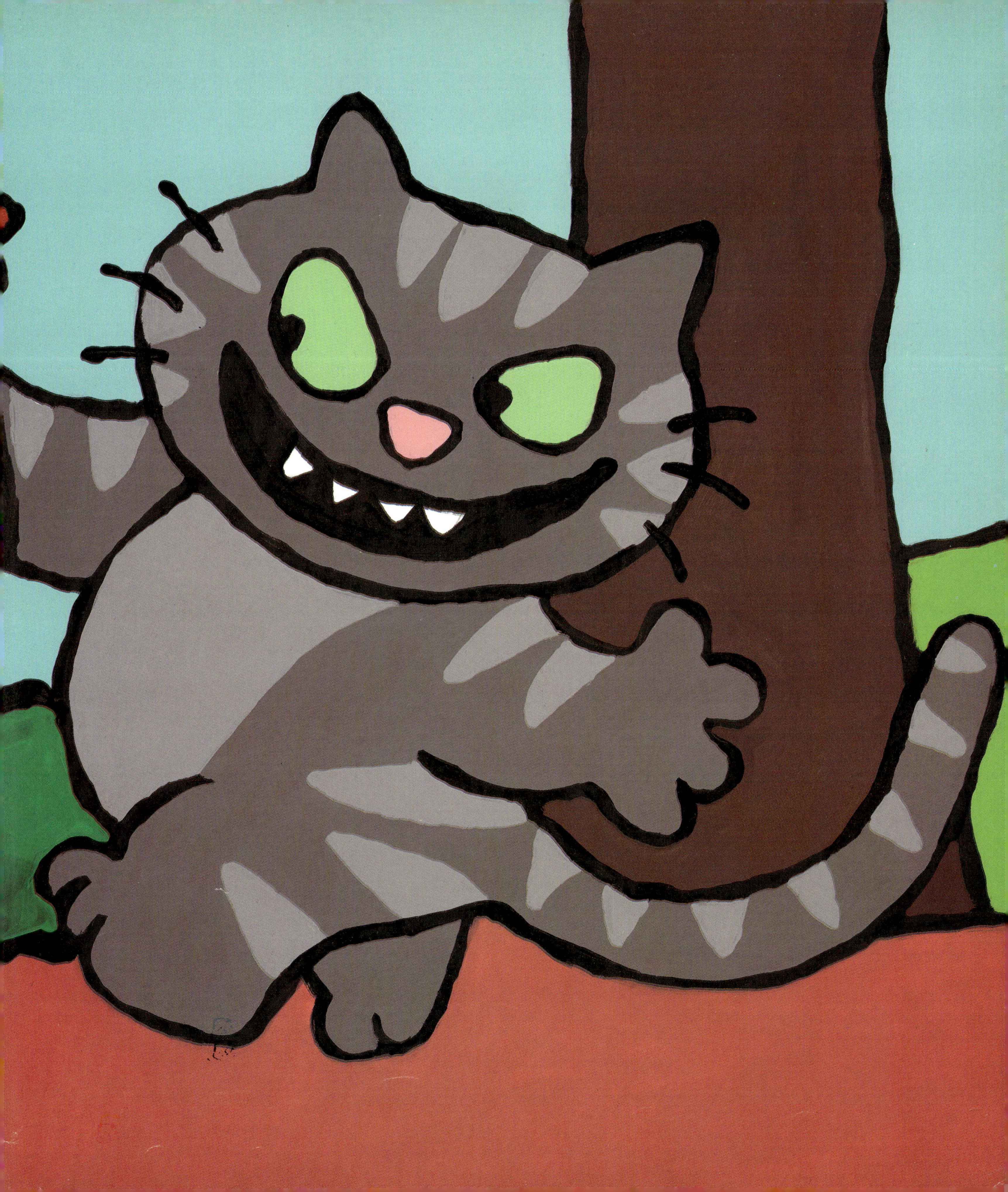

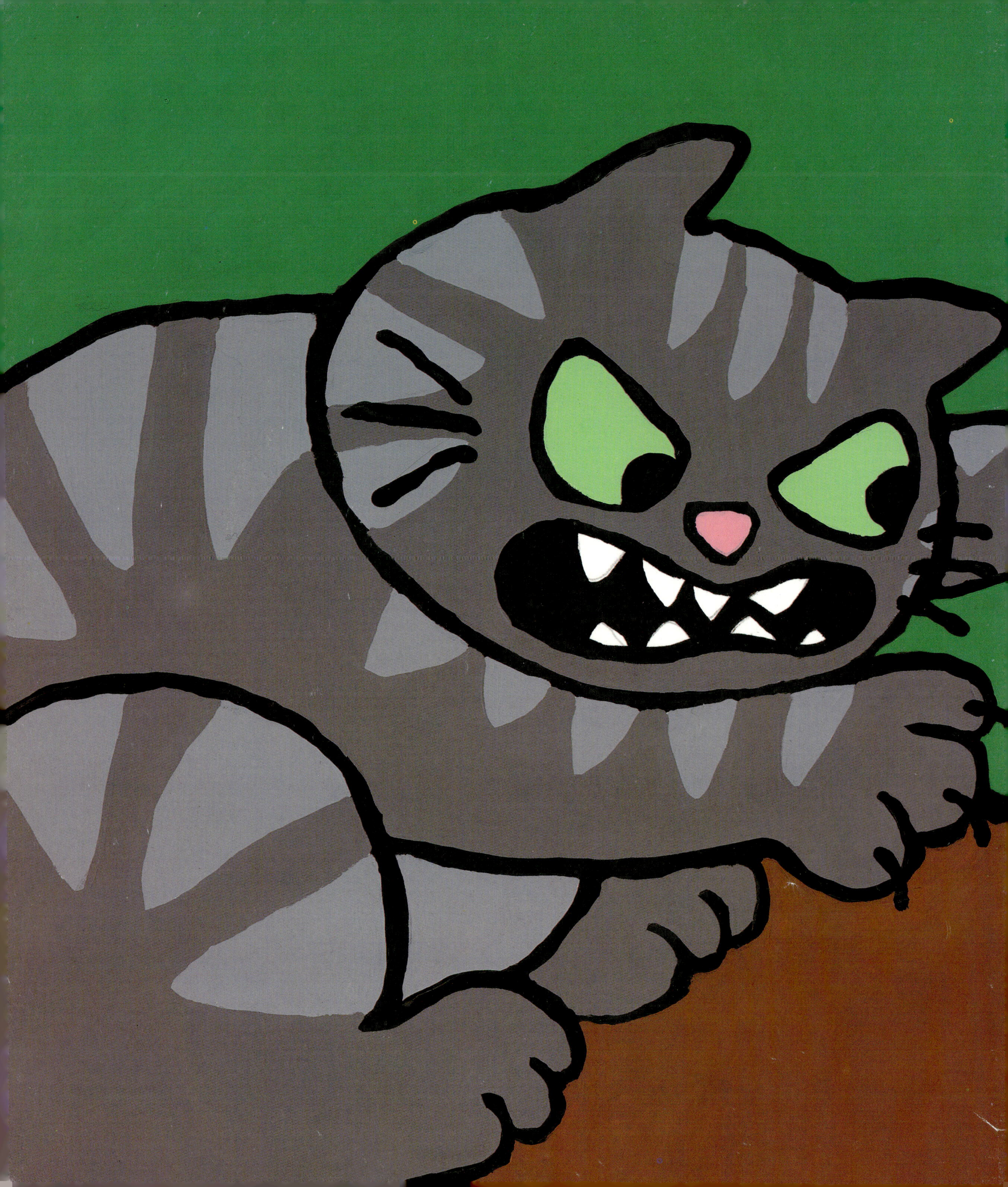

Le chat s'installe sous son arbre favori.
Mais au moment où il sort Doudou pour l'avaler, surprise !
« Berk ! Qu'est-ce que c'est que ce machin jaune ? »
s'étonne-t-il en secouant Doudou dans tous les sens.
« Lai-lai-laissez-moi-tranqui-qui-quille-je-vais-vous-ou-ous-
trou-ou-ou-ver-à-à-manger-é-é-é », bredouille Doudou.

« Mais où ? » hurle le chat, de plus en plus énervé.
« Chez-So-so-sophie-dans-la-la-la-première-mai-mai-son-
du-vi-vi-village-il-y-y-y-a-du-lait-et-du-poi-poi-poisson-on-on. »

Le chat est perplexe : il n'aime pas les hommes qui ne sont pas toujours gentils avec lui. Pourtant il a si faim… et après tout, qui ne risque rien n'a rien ! Il remet Doudou dans le sac puis prend le chemin du village.

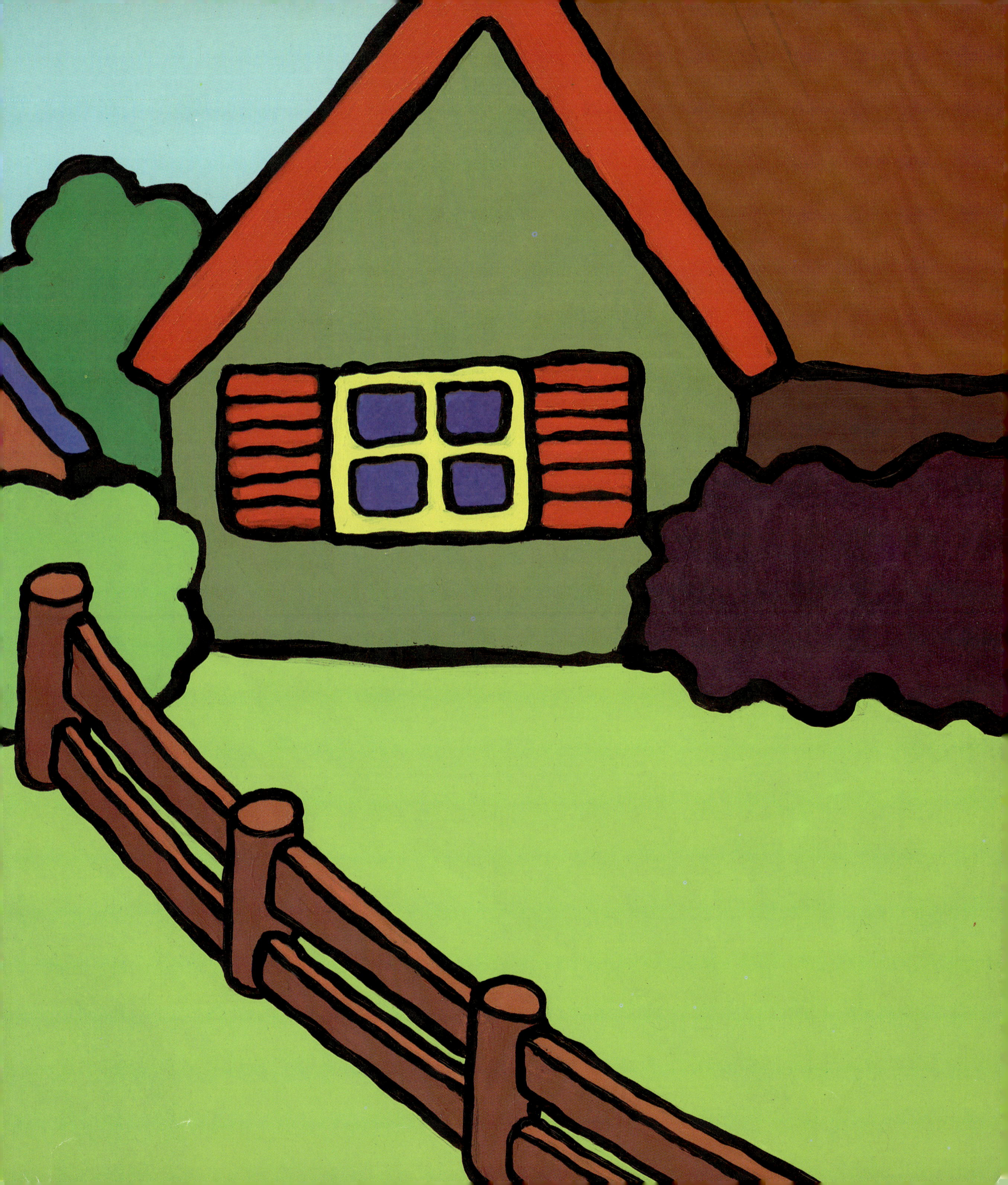

**À peine a-t-il mis le pied dans le jardin
que le terrible chien de Sophie déboule droit sur lui.
« Roger ! Roger ! » crie Doudou tombée du sac.
Roger est déjà loin mais elle s'en moque,
elle court vers la maison. Sauvée, elle est sauvée !**

Sur son lit, Doudou savoure son retour.
« Doudou-ou-ou ! » crie Sophie.
« Viens prendre ton goûter. »
« Oh oui ! Un vrai goûter de petite fille
sans vers de terre ! » fait la peluche, heureuse
comme une reine.